CHRIST...

Il vient quand, le père Noël?

ISBN barcode
MW01143840

ILLUSTRATIONS
DE CORALIE VALLAGEAS

JOUETS
LUCIE

Chapitre 1

Aujourd'hui, c'est le 24 décembre.
Lucie a bien décoré sa chambre.
Mais, depuis une heure,
une petite trouille
ne la quitte pas :
elle **gigote**, là,
dans son estomac.

Lucie tape du pied :
– **Calamité** ! Cette nuit,
le père Noël ne va pas
me trouver ! Comment
ai-je pu oublier ?

Lucie n'a pas dit au père Noël
qu'elle avait déménagé. Est-ce qu'il
devine les adresses des enfants
du monde entier ? Il est super fort,
mais il ne faut pas exagérer !
Lucie cherche, elle tourne en rond…

Tout à coup,
hourra !
voilà une
solution !

Lucie rassemble de la ficelle,
des étiquettes et des ballons.
Puis elle écrit **avec application** :

Cher père Noël,
Attention ! Lucie habite
5, rue des Grillons.

Lucie attache les étiquettes
aux ballons et elle ouvre sa fenêtre.
Dehors, le vent souffle fort.
Aussitôt, les ballons s'envolent !

Lucie est enchantée :
– Ça y est, le tour est joué !

Pendant ce temps, dans son chalet, tout là-haut, le père Noël finit son chocolat chaud. Une longue nuit l'attend, et il doit prendre des forces !

Ça y est, les paquets sont terminés
et les rennes sont prêts :
le voyage peut commencer !
Le père Noël va décoller.

Tiens! Des ballons
passent sous son nez…
Doucement, ils se posent
sur le traîneau…
Mais un coup de vent
les entraîne plus haut…

Chapitre 2

Dans sa maison, Lucie réfléchit.
Au fond de son cœur, la petite trouille
danse à nouveau la java.
Lucie se dit tout bas :
« Et si, quand même,
le père Noël ne
me trouvait pas ? »

Soudain, elle a une autre idée :
– Maman ! On fait un gâteau
au chocolat ? Le père Noël l'adore,
je l'ai lu dans
une histoire !

Le gâteau est dans le four,
la bonne odeur de chocolat
s'échappe par les fenêtres.

Lucie est rassurée.
Ce parfum va guider
le père Noël !

Pendant ce temps,
sur son traîneau,
le père Noël sifflote
dans le froid.

Mais tout à coup :
– Ahh… atchoum !
Saperlipopette,
me voilà enrhumé !
J'aurais dû mettre un cache-nez !

Le père Noël est bien embêté.
Il a peur d'éternuer dans les cheminées
ou de réveiller des enfants en toussant…

À cet instant, une délicieuse
odeur passe sous son nez.
C'est un parfum de chocolat…
Dommage, il ne le sent pas !

Chapitre 3

La nuit est tombée.

Dans sa maison, Lucie se pose
des questions :

– Est-ce que les odeurs de gâteau
montent vraiment tout là-haut ?
La petite trouille se roule en boule
dans sa gorge. Lucie n'a plus
de solution. Elle tourne en rond,
elle va pleurer **à gros bouillons**.

Papa arrive alors
en souriant :
– Comment, comment ?
À cette heure-ci, ma Lucie
n'a pas encore installé
les bougies ?

Lucie saute
à son cou pour lui
faire plein de bisous :
– Yahou !
T'es un
super-papayou !

Papa est très content mais
il ne comprend pas vraiment.
Ça ne fait rien, Lucie est déjà
dans le jardin. Cette année, elle sait
comment poser les bougies !

Avant de se coucher, elle appelle son pap
pour qu'il vienne les allumer. Elle a form
des mots **étincelants** :

Le soleil va bientôt se lever. En filant dans le ciel étoilé, le père Noël tousse et sourit en même temps.

Ouf ! sa tournée est terminée !

Les cadeaux sont déposés, et aucun enfant ne s'est réveillé ! Demain, tout le monde sera content. Et, dans un instant, il va pouvoir se réchauffer en buvant un bon chocolat fumant.

Pendant ce temps, Lucie descend
les escaliers sur la pointe des pieds.
Près du sapin, il y a plein
de cadeaux ! Et plus une miette
de gâteau…

Lucie s'approche.
Dans le plat, elle lit des lettres
dessinées au doigt avec du chocolat :

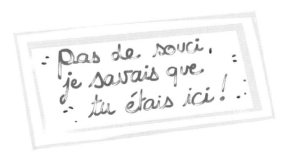

Pas de souci,
je savais que
tu étais ici !

Fin

© 2003 Éditions Milan, pour la première édition sous le titre *Coucou, père Noël !*
© 2014 Éditions Milan, pour la présente édition
300, rue Léon-Joulin, 31101 Toulouse Cedex 9 – France
www.editionsmilan.com
Loi 49.956 du 16.07.1949 sur les publications destinées à la jeunesse.
Dépôt légal : 2ᵉ trimestre 2015
ISBN : 978-2-7459-7136-4
Imprimé en France par Pollina-L72687a